AF446662

WARNING!
MAGDALA IS COMING

LA CASSA SBAGLIATA
... TUTTO INIZIO' IN UNA TRANQUILLA MATTINA DI PRIMAVERA...

OH! NO!... E' USCITA L'ACQUA DALLA LAVATRICE! UN'ALTRA VOLTA!... CHE DISASTRO!

SI E' ALLAGATO TUTTO! DEVO FARE QUALCOSA! NON NE POSSO PIU'!...

PRONTO! MELISSA! AIUTO! EMERGENZA! LA MIA LA= VATRICE E' UN COLABRODO!
DEVO AS= SOLUTAMENTE CAMBIARLA!

SEI PROPRIO FORTUNATA, MAGDALA! ALLA "CASA DEL= LA LAVATRICE" FANNO DEGLI SCONTI FAVOLOSI!
VENGO SUBITO DA TE!

POCO DOPO
ACCIDENTI!! QUANTO PESA!
TU TIRA!... IO SPINGO!
SCREEK!
RUMBLE!

PUFF! CE L'ABBIAMO FATTA!
NON L'AVREI CREDUTO MAI!

E' QUELLA, LA "CASA DELLA LAVATRICE"?
COSA TE LO FA PENSARE?
WASH
HOME

PERCHE' NON VIENE NESSUNO AD AIUTARCI?!
CORAGGIO! UN ALTRO GRADINO ED E' FATTA!
DOVE E' FINITA LA CAVAL= LERIA?!

PIU` TARDI, A CASA, TERMINATE LE ATTIVITA` DI FACCHI= NAGGIO, MAGDALA E MELISSA SI ACCINGO= NO A SISTE= MARE IL NUOVO ELETTRO= DOMESTICO ...

EHI! GIORGIO! HAI PER CASO MANDATO VIA UNA CASSA DI ARMI AL POSTO DI UNA LAVATRICE?!
UH! UH!... CHE SBA= DATO!...

BAH!... DIRO' AD HERNANDEZ DI SISTEMARE SUBITO OGNI COSA!...
...E STAI UN PO' PIU' ATTENTO, LA PROSSIMA VOLTA!

...O FINIREMO TUTTI QUANTI IN GATTABUIA!

POCO PIU' TARDI...
WASH
SCREEK!

OH! FINALMENTE! E' ARRIVATO IL FUR= GONE DELLA "CASA DELLA LAVATRICE"!
MAGDALA...QUE= STA FACCENDA PUZZA DI BRUCIATO!

...IL TRAFFICO DI ARMI E' ILLEGALE!
E COSA C'ENTRO IO?! IO VOGLIO SOLO LA MIA LAVATRICE!
DRING!
...COSA VUOI CHE MI IM= PORTI DI QUEL= LA FERRAGLIA!?

BUONASERA, BELLEZZE!
SU LE ZAMPE!
SIAMO VENUTI A RITIRARE LA CASSA!
EHI! CHE MANIERE!
CHI VI HA INSEGNATO L'EDUCAZIONE?!
SLAM!

EHI! DOV'E' LA MIA LAVATRICE?!
ORA TE LA DIAMO NOI!
EHI! MA CHE FATE?! GIU' LE ZAMPE!
ZITTA, COCCA!
SIETE IMPAZZITI?!
DOV'E' LA CASSA?!

E COSI', POCO DOPO...
ALZIAMO I TACCHI, RAGAZZI!... PRIMA CHE ARRIVINO I PIEDI-PIATTI!
MGH! MGH!
MGH! MGH!
XK 12 PI

IL FURGONCINO DELLA "CASA DELLA LAVATRICE" SI ALLONTA= NA RAPIDAMENTE...
WASH
XK 12 PI

CHE BRUTTA SENSAZIONE, NON POTER PARLARE!
MGH!
MGH!

E ORA, CHE NE FACCIAMO DI QUESTE DUE POLLASTRE?
DOBBIAMO SBARAZZARCENE AL PIU' PRESTO! SE CI BECCANO, L'ERGASTOLO NON CE LO TOGLIE NESSUNO!

POCO DOPO...
QUI STARETE COMODISSIME! AH! AH!...
MGH! MGH!
NON AGITATEVI!
FRAGILE

QUINDICI UOMINI! QUINDICI UOMINI!... SULLA CASSA DEL MORTO!...
TUMP! TUMP!
FRAGILE

PIU' TARDI...
VA BENE, HERNANDEZ
EHI! LUIS! CARICA QUESTA CASSA E BUTTALA GIU' QUANDO SEI IN MEZZO ALL'OCEANO!
FRAGILE

UFF!...ALMENO DEL BAVAGLIO CI SIAMO LIBERATE!
DUE ORE SENZA POTER PARLARE!...MI SEMBRAVA DI IMPAZZIRE!
ROAR

HANNO GIA' ACCESO I MOTORI!
AIUTO!
AIUTO!
ROAR
ROAR
FRAGILE

HAI SENTITO COSA VOGLIONO FARCI QUEI BRUTI?!
DOBBIAMO LIBERARCI E USCIRE DA QUESTA MALEDETTA CASSA!

GMFH! GRUNT!
EHI! STAI ATTENTA A NON MORDERMI LE DITA...CON QUEI DENTI!

FINALMENTE LIBERE!
NON C'E' NESSUNO...
SQUEAK!
FRAGILE

E ORA!?...CHE SUCCEDE?!
FATTI IN LA'! SVELTA! NE VA DELLA PELLE!
KIANG!
RRRRR!!

GIUSTO IN TEMPO!
DIAVOLO! C'E' MANCATO UN PELO!

GULP

GUARDA QUANTE CASSE UGUALI ALLA NOSTRA, MAGDALA!
SI, MA QUESTE HANNO IL PARACADUTE!

VUOI SCOMMETTERE CHE SONO PIENE DI FUCILI ED ALTRE DIAVOLERIE DEL GENERE?
PERBACCO! CHE TU ABBIA RAGIONE?

GUARDA! E` PROPRIO COME TI DICEVO!
ERA SOLO UNA COPERTURA!
ALTRO CHE "CASA DELLA LAVATRICE!

...PERO` FACEVANO DEI PREZZI BUONI... PECCATO!
VEDRAI CHE PRIMA O POI LANCERANNO ANCHE QUESTE...
CERCHIAMOCI UN NASCONDIGLIO SICURO...
DON'T OPEN

PIU` TARDI...
MAGDALA! CI SIAMO! STANNO BUTTANDO GIU` LE ALTRE CASSE!

CHISSA` DOVE SIAMO?

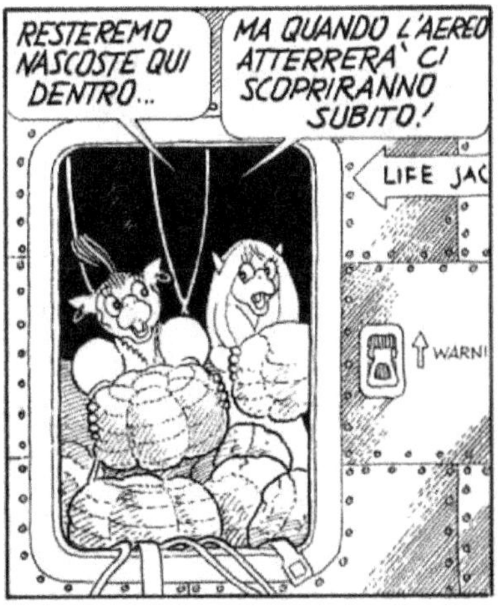

RESTEREMO NASCOSTE QUI DENTRO...
MA QUANDO L'AEREO ATTERRERA` CI SCOPRIRANNO SUBITO!
LIFE JAC
WARNI

...NO, PERCHE` NOI DUE SGUSCEREMO VIA, SILENZIOSE COME FELINI!...
GULP!

FINALMENTE L'AEREO TOCCA IL SUOLO...
RUMBLE!

EHI! MAGDALA! SVEGLIA! STIAMO ATTERRANDO!
OH!... PROPRIO ORA CHE MI ERO APPISOLATA!
GNAK! GNAK!
HO LA BOCCA IMPASTATA! AVREI BISOGNO DI UN CAFFE`!

HASTA LA VISTA, LUIS! COM'E` ANDATO IL VIAGGIO?
MUY BIEN, GARCIA!

GIU'! PRESTO!
ORA O MAI PIU'!
EHI VOI! DA DO= VE SALTATE FUORI?!
?

FERMATEVI!
NEMMENO PER SOGNO!
GAMBE IN SPALLA!

DUANA
CUSTOM
...ANCHE LA CORSA A OSTA= COLI, MI TOCCA FARE!
TOGLIAMOCI DAI PIEDI!
STOP

EHI, ALONÇO... HAS VISTO ALGU= NO, TAMBIEN?
YO VEIA NADA! YO QUERO FARE MIA SIESTA, MIGUEL!...

MELISSA!.. MA DO= VE SIAMO CAPITATE?
NON NE HO IDEA! CORRI E RISPAR= MIA IL FIATO!
AEROPUERTO

NASCONDIAMOCI QUI DENTRO! PERDERAN= NO LE NOSTRE TRACCE!
IH!...CHE SCHIFO! ALTRO CHE TRACCE! C'E' DA PERDERE IL CERVEL= LO QUI DENTRO!
E NON FARE TANTO LA SCHIZ= ZINOSA!
IMMUNDICIA COMUNAL

A NOTTE FONDA...
LI ABBIAMO SEMI= NATI, MAGDALA...
E ALLORA, COSA ASPETTIA= MO A USCIRE?!
PUAH!

...E ORA? SOLE E SENZA UN SOLDO!
NON VORRAI MICA DARE LA COLPA A ME?
NON SAPPIAMO NEMMENO DO= VE SIAMO!
QUESTO E' FACILE!

OLE'! HOMBRE! HUSTED SABE DIRME AND'O STAMOS? EL NOMBRE DE ESTA CIUDAD?
OH! LA SEÑORITA QUERE BURLAR? ESTAMOS A LIMA!

LIMA!?..IN PERU'?! E ORA?.. COME SI TORNA A CASA?
NON TI PREOC= CUPARE... CI AR= RANGEREMO IN QUALCHE MODO...
HOT DOGS
Drink Vodka!

E COSI'...
QUESTO "QUALCHE MODO" NON MI PIACE! IO DETESTO LAVARE I PIATTI!
CHE POSSO FARCI SE NON AVEVANO BISOGNO DI DATTILOGRAFE?...
ANCHE QUESTA VOLTA MAGDALA E MELISSA SI SONO CACCIATE IN UN BEL GUAIO... COME NE USCIRANNO? LO SAPRETE NEL PROSSIMO EPISODIO...

WARNING!
MAGDALA IS COMING

EL CONDOR PASA
MAGDALA E MELISSA SONO RIUSCITE A SFUGGIRE AD UNA PERICOLOSA BANDA DI TRAFFICANTI DI ARMI, MA A LIMA SI TROVANO UN PO' IN DIFFICOLTA'...

MELISSA! ANDIAMO AL CONSOLATO E SPIFFERIAMO TUTTO!
NON E' PRUDENTE, MAGDALA, QUEI DUE BRUTTI CEFFI LO STARANNO SORVEGLIANDO DI SICURO!

HO PRESO DEI VESTITI AL MERCATO DELLE PULCI!... PROVA UN PO'...
OH! BENE! CHE BELLA IDEA!
SLAM!

EHI! MELISSA! MA CHE RAZZA DI VESTITO E' QUESTO?!
COSTUME LOCALE... DARA' MENO NELL'OCCHIO, SUL TRENINO DELLA CORDILLERA...

TRENINO DELLA CORDILLERA?...
SI... CI LEVEREMO DI TORNO FINCHE' LE ACQUE NON SI SARANNO UN PO' CALMATE...

E DOVE ANDREMO A FINIRE CON QUELLA VECCHIA CAFFETTIERA?!
HO SEMPRE SOGNATO DI FARMI UN GIRO TURISTICO SU QUESTO TRENINO!

QUANTA GENTE! CHE CALCA!
FRA LA FOLLA CI NASCONDEREMO MEGLIO!
DA GRANDE DOVRESTI FARE L'AGENTE SEGRETO!

QUESTO VAGONE E' SPORCO E PUZZOLENTE!
NON CREDERTI CHE GLI ALTRI SIANO MEGLIO!...
THROOT!

IL TRENINO DELLA CORDI= GLIERA SI ARRAMPICA SBUFFANDO SU PER LE MONTAGNE, TRASPORTANDO LE DUE AMICHE VERSO IGNOTE AVVENTURE ....
TOOTH!!

SEMBRA IL CAPOLUOGO DELLO SQUALLORE! FORSE LA PROSSIMA STAZIONE E' MEGLIO...
CHE TI PIACCIA O NO, STASERA DORMIREMO QUI
DESOLACION

NON HO MAI MANGIATO PEGGIO DI COSI'!.. IL CAFFE' DEVE ESSERE FATTO CON LE GHIANDE!
PRIMA DI LAMEN= TARTI, ASPETTA DI VEDERE LA CAMERA!

CHE RIDICOLO MODO DI DORMIRE! SEMBRA DI ESSERE DEI SA= LAMI!..E' SCOMODO!
QUASSU' GLI INSET= TI DEL PAVIMENTO NON ARRIVANO...

DOPO UNA NOTTE INSONNE...
NON VEDO L'ORA DI ANDARMENE DA QUE= STO POSTO INFAME!

DOPO INNUME= REVOLI VICIS= SITUDINI, MAGDALA E MELISSA GIUNGONO NEI PRESSI DELLA FAMOSA CITTA' INCA DI MATCHU PITCHU ...
FINALMENTE! DESIDERAVO TANTO VEDERE DAL VERO QUESTE ROVINE!
C'E' DA FARE UNA BELLA ARRAMPICATA! NOLEGGIAMO UN LAMA!
RENT A LAMA
MATCHU PITCHU KM 2
SOUVENIRS

SEI MATTA?! CHISSA' QUANTO COSTA! E POI UNA PASSEGGIATA FA BENE ALLA LINEA!
PUFF! PUFF! PANT! PUFF!

UNA DISCRETA SCARPINATA! MA NE VALEVA LA PENA!
PUFF! PANT! SOB!

ACCIDENTI!... PECCATO CHE NON HO PORTATO LA MACCHINA FOTOGRAFICA!
BENE... ORA CHE ABBIAMO VISTO MATCHU PITCHU... CHE SI FA?

POSSIAMO PRENDERE L'AEREO E TORNARE A CASA...
NON VEDO AERO= PORTI, QUI INTORNO

DOMANDEREMO!

HUSTED HABLA ESPAÑOL?
MUY BIEN, SEÑORITA!

ONDE STA EL PRIMERO AEROPUERTO?
QUIEN SABE?

PERBACCO, MELISSA! TE LA CAVI BENE CON LO SPAGNOLO! COSA HA DETTO?
HA DETTO CHE NON LO SA...
INUTILE ESERCI= ZIO LINGUISTICO!

ALTRO CHE AEROPORTO! NON C'E' NEMMENO LA FERMATA DELL'AUTOBUS! TORNIAMO A LIMA COL TRENINO?
CHE COLPO DI FORTUNA!
NO! E' TROPPO PERICOLOSO...
OH! GUARDA! DEI TURISTI!
TAP! TAP! TAP!
RUMBLE!

EHI! SIGNORE! FERMA! FERMA!
CHE STRANO, CLARA! DUE RAGAZZE INDIGE= NE CHE PARLANO LA NOSTRA LINGUA!...
SARANNO DELLA "PROLOCO"

DOBBIAMO ANDARE AL PIÙ VICINO AEROPORTO!
LA PREGO!... CI AIUTI!...
GIULIO...! NON TI IM= MISCHIARE!

POVERE RAGAZZE!...
MACCHE' POVERE RAGAZ= ZE! POSSONO ESSERE DEL= LE RAPINATRICI, GIULIO!

SPIACENTE...
ACCIDENTI A QUELLA STREGA!
PFUI!
POT POT

ECCOCI SISTEMATE! ACCIDENTI ANCHE A MATCHU-PITCHU!...
UN CAMION!... VIENI! CHIEDIAMOGLI UN PASSAGGIO!...
GROIN!

SALTATE SU CHIQUITAS! PEDRO VE PORTERA' A LAS MISERIAS MUY ADELANTE!
LEI E' UN VERO GENTILUOMO!
GRAZIE DI CUORE
SKREK!

A LAS MISERIAS POTRETE PRENDERE LA CORRIERA DELLE ÇINQUE...
PEDRO ESTA EL MAS VELOZ CONDUCIDOR DE TODO EL MUNDO!
FAREMO IN TEMPO?
CRAN!
RUMBLE!

EHI! MELISSA! QUESTO E' PAZZO DA LEGARE!
CI AMMAZZERA' TUTTI QUANTI!
EHI! PEDRO! PIU' PIANO! PERDEREMOS LAS ROTAS!
CI ABBIAMO RI= PENSATO... NON ABBIAMO MICA TANTA FRETTA!

POR AQUI ESTA MUY ADELANTE! ARRIBA!
OH! NO! UNA SCORCIATOIA!
UN PRECIPIZIO, VUOI DIRE!...
... SPERO CHE LE STRUTTURE SANI= TARIE LOCALI SIANO ADEGUATE!
RUMBLE!
RUMBLE!

EHI! PEDRO! TE LO DICEVO! ABBIAMO PERSO UNA RUOTA!
FORSE SAREBBE MEGLIO PERDERLE SUBITO TUT= TE E QUATTRO E TO= GLIERSI IL PENSIERO!

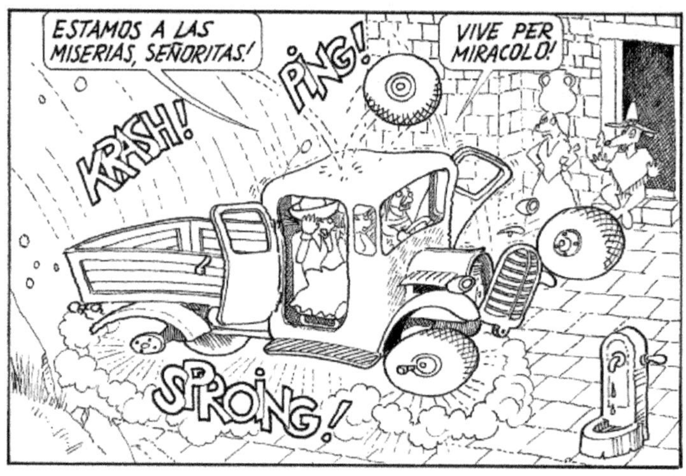

ESTAMOS A LAS MISERIAS, SEÑORITAS!
VIVE PER MIRACOLO!
KRASH!
PING!
SPRONG!

GUARDA, MAGDALA! ARRIVA L'AUTOBUS: GIUSTO IN TEMPO!
CHE FORTUNA! PEDRO HA DETTO CHE NE PASSA UNO OGNI TRE GIORNI!...

L'ASPETTO NON E' DEI PIU' EDIFICANTI...
NON FARE LA SCHIZZINOSA! SALI!

DOPO UN VIAG- GIO DI ALCUNE DECINE DI ORE IN COMPAGNIA DI POLLAME E VERDURE DI OGNI TIPO, MAGDALA E MELISSA, MIRA- COLOSAMENTE ILLESE, RAG- GIUNGONO L'AEROPORTO DI AREQUIPA ....
MELISSA! SONO STANCA E STUFA DI QUESTA MA- SCHERATA!
HAI RAGIONE, MAGDALA... QUESTO TRAVESTIMENTO NON HA PIU' SENSO...
AEROPUERTO

QUESTO SI CHIAMA PARLARE! DOV'E' LA BOUTIQUE?
QUI TROVEREMO TUTTO QUELLO CHE CI SERVE!
FERIA DE USADO

MA....! E' UN NEGOZIO DI VESTITI USATI! CHE SCHIFO!
OH! CHE DELUSIONE!
QUESTI ANDRANNO BENISSIMO!

DOBBIAMO TROVARE UN IMBARCO PER QUALCHE PAESE CIVILE...
CHE TE NE PARE?
SEMBRI ZORRO!
CREDI CHE, CONCIATE DA GIOVANI ESPLORA- TRICI, SARA' PIU' FACI- LE, MELISSA?

MAGDALA E MELISSA SI AGGIRANO PER L'AEROPORTO, IN CERCA DI UN IMBARCO A PREZZI STRACCIATI PER COMITIVE POCO NUME- ROSE...

CI SARA' PURE UN VOLO CHARTER CHE CI RIPORTI A CASA!...
PROVIAMO CON QUELLO LA'! MI SEMBRA UN TI- PO SIMPATICO...

EH! AMICO! QUANDO PARTE CODESTA CARRETTA?
ABBIAMO SOLO CENTO SOLES...
DOS MINUTOS, SEÑORITAS!
ESTA BIEN!

...E TU VORRESTI FARMI SALI- RE SU QUEL TRABICCOLO TE- NUTO INSIEME A FORZA DI FIL DI FERRO?!
...E TU, DOVE LO TROVI UN IMBARCO PER CENTO SOLES?!

MI SA' CHE STIAMO PER FICCARCI IN UN ALTRO DEI TUOI PASTICCI, MELISSA!...
ADESSO NON RICOMINCIARE, EH!... LA LAVATRICE L'HAI COMPRATA TU! AVANTI! SALI!
SPUT!
SPUT!
SPUT!

PENSA, MAGDALA... SORVOLEREMO L'AMAZZONIA!... NON SEI UN PO' EMOZIONATA?
ALTRO CHE EMO= ZIONATA! SONO TERRORIZZATA!

QUESTO ROTTAME STA INSIEME PER MIRACOLO!...
SEI PROPRIO SPERICOLATA, MAGDALA!

...SPERO ALMENO CHE IL PILOTA SAPPIA IL FATTO SUO!...
JORGE DICE DI ESSERE IL MIGLIOR PILOTA DI TUTTO IL SUDAMERICA...
EXIT

AH...SI? SPERIAMO CHE SIA MODESTO...
HA AVUTO CENTOSETTANTATRE INCIDENTI E SE L'E SEMPRE CAVATA... SENZA UN GRAFFIO!
SAPESSI QUANTO MI RINCUORI!...

CHE SUCCEDE ?! FORSE JORGE HA IL SINGHIOZZO?!
CORRO A PORTARGLI UN BICCHIER D'ACQUA!
RUMBLE!

...ESTAMO SURVOLANDO LA CORDILLERA!... ESTAMO EN UNA TURBOLENCIA!
PERBACCO! MA CHE FA?! LASCIA IL VO= LANTE PROPRIO ORA?!
SLAM

SIAMO FRA LE NU= VOLE! NON SI VE= DE PIU UN FICO SECCO!
SPERIAMO CHE QUEL JORGE NON CI FICCHI IN QUALCHE GUAIO!
ORA VADO IO A DIRGLIENE QUATTRO!
PERHAPS LINES

EHI, GIOVANOTTO! NON POTRESTI VOLARE UN PO' PIU' BASSO E PIANO?!
?

MAGDALA E MELISSA STANNO SORVOLANDO IL MITICO GRAN PAJONAL... COME FINIRA QUESTA APPASSIONANTE VICENDA? LO SAPRETE LEGGENDO IL PROSSIMO EPISODIO...

WARNING!
MAGDALA IS COMING

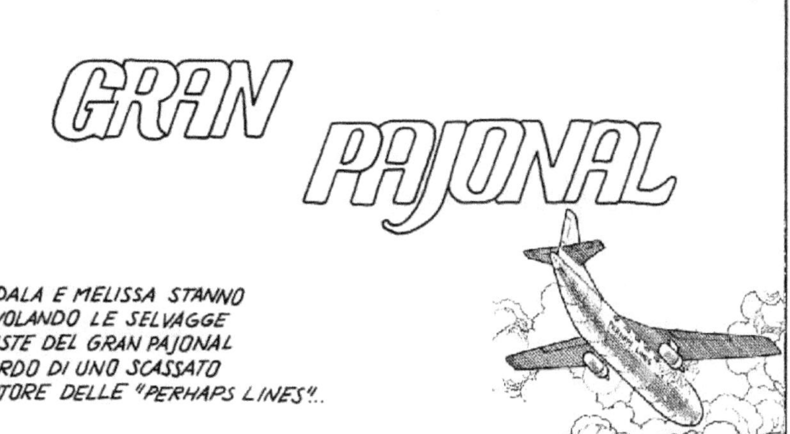

GRAN PAJONAL
MAGDALA E MELISSA STANNO SORVOLANDO LE SELVAGGE FORESTE DEL GRAN PAJONAL A BORDO DI UNO SCASSATO BIMOTORE DELLE "PERHAPS LINES"...

SPUT!
SPUT!

PERCHE` QUEL= L'ELICA SI E` FERMATA?...
HO L'IMPRES= SIONE CHE QUALCOSA NON STA ANDANDO PER IL SUO VERSO...

EHI, MUCHACHAS! EL COCHE DESTRO ESTA BLOCCADO!...
E ORA CHE SUCCEDE?
EXIT

...EL SINISTRO ESTA POR CESSAR SU CAPRICHOS!...
EH?!
ASTA LA VISTA, SEÑORITAS!...
EXIT
DANGER KEEP CLOSED

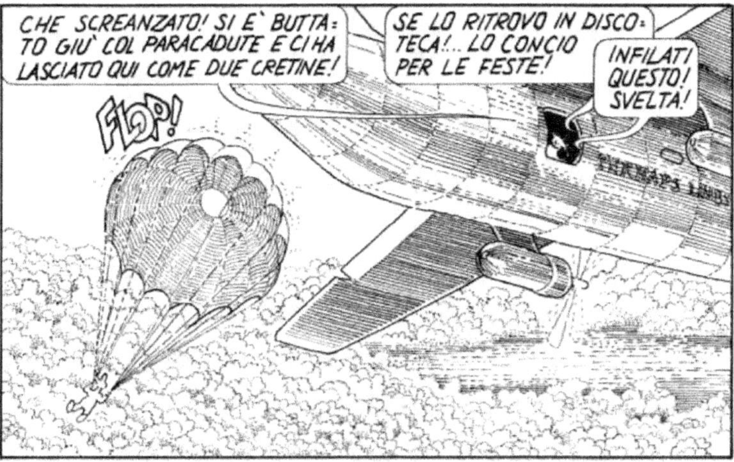

CHE SCREANZATO! SI E` BUTTA= TO GIU` COL PARACADUTE E CI HA LASCIATO QUI COME DUE CRETINE!
SE LO RITROVO IN DISCO= TECA!... LO CONCIO PER LE FESTE!
INFILATI QUESTO! SVELTA!
FLOP!
PERHAPS LINES

MA...COME SI INDOS= SA QUESTO COSO?!
SBRIGATI! FRA POCO QUESTA CARCASSA SI SCHIANTERA` A TERRA!

CHE FIFA, MELISSA!
BUTTATI FUORI! CONTA FINO A TRE E TIRA FORTE L'ANELLO!
HAI FATTO ANCHE IL MILITARE NEI PARACADUTISTI?
NON FARE LA SPIRITOSA!...
PERHAPS LINES

...L'HO VISTO FARE AL CINEMA!...
IN BOCCA AL LUPO!
EEK!
SCIAP!

FLOP!
FLOP!

OOH!...QUESTO GIOCO STA PRENDENDO UNA BRUTTA PIEGA!

EEK! AIUTO!
SPLASH!

MELISSAAA!...DOVE TI SEI NASCOSTA?!

MAGDALA! SONO QUA!
QUACK!

MI PARE CHE ADESSO SIAMO NEI GUAI!... FINO AL COLLO!
PERO' ABBIAMO SALVATO LA PELLE!

IO HO VISTO DOVE E' CADUTO L'AEREO! VIENI!!
PENSI DI FAR= LO VOLARE?

MACCHE' VOLARE! PRENDE= REMO SOLO QUELLO CHE PUO' TORNARCI UTILE!...
OH... PECCATO!

PARE PIUTTOSTO MALRIDOTTO...
"ACCARTOCCIATO" MI SEMBRA LA PAROLA GIUSTA...

MARMELLATA DI FRAGOLE... CHE DICI..?.. LA PRENDIAMO?
UHM... QUI C'E' QUALCOSA CHE PUO' TORNARCI UTILE...
PARACHUES
EXIT

FORSE NELLA CABINA DEL PILOTA CI SONO DELLE CARTE...
NON MI SEMBRA IL MOMENTO DI METTERSI A GIOCARE A BRISCOLA!

E ORA CHE FACCIAMO?
ZITTA! STO CERCANDO DI FARE IL PUNTO...
PERH

SIAMO PARTITE 9 ORE FA... IL VOLO NE DURA QUASI 10...
AH!...
...E QUI C'E' LA ROTTA...

PIU' O MENO SIAMO... QUI!.. SCENDEREMO LUNGO L' UCAYALI...
MA... NON POSSIAMO MICA ATTRAVERSARE TUTTA LA JUNGLA AMAZZONICA!
CHISSA' QUANTE MIGLIA DOVREMMO FARE PER RAG: GIUNGERE UN PAESE CIVILE!
OIL

BEH... SONO SOLO DUE O TRECENTO MIGLIA...
"SOLO" 300 MIGLIA ?!! TU SEI MATTA! NON CE LA FAREMO MAI!

MAGDA!.. DOBBIAMO FARCELA! O PREFERISCI ASPETTARE DI FINIRE IN BOCCA AD UN GIAGUARO?
GIAGUARO?! CI SONO GIAGUARI DA QUESTE PARTI ?!?!
RUMBLE!
RUMBLE!
SUGAR

MELISSA... MA COME FAREMO A CAVARCELA NELLA JUNGLA?
HO FATTO UN CORSO DI SOPRAVVIVENZA... PER CORRISPONDENZA...
E NON STARE LI' IMPALATA!
DAMMI UNA MANO!
BOING!

COSTRUIREMO UNA ZATTERA E ARRIVEREMO A LOS MOSQUITOS IN MEN CHE NON SI DICA!...
SUL FIUME?! MA SEI PAZZA!
SCOMMETTO CHE PULLULA DI COCCODRILLI!!!
SPLASH!

IN BARBA ALLE PROTESTE DI MAGDA, IL PROGETTO VA AVANTI...
...RIBADISCO CHE QUESTA IDEA NON MI PIACE PER NIENTE!...
LEGHEREMO I BIDONI CON LE CORDE DEI PARACADUTE

L'ASSEMBLAGGIO DELLA ZATTERA PROCEDE...
ECCO QUA! E' PROPRIO UNA MERAVIGLIA!... E GALLEGGIA... QUANTO BASTA...
UFFA!.. QUANTE STORIE!!
E TU TI FIDI DI SALIRE SU QUEL COSO? SI SFASCERA' E ANDREMO IN PASTO AI COCCODRILLI! ECCO COME ANDRA A FINIRE!
TORNIAMO ALL'AEREO... DOBBIAMO SCEGLIERE QUELLO CHE PORTEREMO CON NOI...

NON C'E' UN FUCILE?!... UN BAZOOKA?... UN REVOLVER?... NEMMENO UN PO' DI DINAMITE?...
C'E' SOLO UN LANCIARAZZI DA SEGNALAZIONE E UNA DECINA DI RAZZI...
UNA BUSSOLA... DUE MACHETE, UN PAIO DI FORBICI...
...UN SET DI CACCIAVITI, UN TEMPERINO, UN APPUNTALAPIS...

...3 SCATOLE DI BISCOTTI, CAFFE' E BURRO...10 SCATOLE DI CARNE, 6 DI TONNO, 1 KG DI GALLETTE, 15 SNAKES, 6 LATTINE DI POKA-KOLA...
NON RISCHIAMO PROPRIO DI INGRASSARE!...
CHE MISERIA!
...12 CANDELE, UNA LANTERNA A PETROLIO...
SOAP

CON QUESTO SISTEMA SI POSSONO COMODAMENTE PORTARE 60 KG IN DUE...
"COMODAMENTE"! PFUI!
...MA CHI L'HA INVENTATO?
...I CINESI...
PUF! PUF!

OOPS!...CHE DIAVOLO!?...
...IL MIO CAPPELLO!
?!

PUSSA VIA! GATTACCIO!
VIA! VIA! SCIO'!...
SKDX!
GRR!
CLAT! CLAT!

VIGLIACCO!.. PRENDERSELA CON DUE POVERE RAGAZ- ZE INDIFESE!
MA DOVE HAI IMPARATO A...
CREDEVO CHE I GIAGUARI FOSSERO PIU' CORAGGIOSI!
L'HO VISTO FARE AL CIRCO!

FINALMENTE LA ZATTERA SALPA VERSO L'IGNOTO...
SEGUIREMO LA CORRENTE... IL VENTO E' FAVOREVOLE... PERCORREREMO ALMENO 60 MIGLIA AL GIORNO
ALLORA ARRIVEREMO A LOS MOSQUITOS IN 4 O 5 GIORNI!...

NON PROPRIO... IL FIUME DESCRIVE MOLTE ANSE...
C'E' IL 10% DI PROBABILITA' DI RITROVARE UN AEREO CA- DUTO NELLA JUNGLA!...
ERA MEGLIO ATTENDERE I SOCCORSI AL RELITTO!
AH!

CALA LA SERA...
EHI! MA QUI E' PIENO DI ZANZARE!
AIUTO! CREDO CHE IMPAZZIRO'!
SPEGNI LA CANDELA! LE ATTRAE!
CHIUDI LA BOCCA O IMPAZZIRO' ANCH'IO!
ZZZ!
ZZZ!
PUF!

...UNGITI CON QUESTO...
MA...! PUAH!... PUZZA DA FARE SCHIFO!
LA PENSANO COSI' ANCHE LE ZANZARE...
SNIFF!
PUAH!

FARAI TU IL PRIMO TURNO DI GUARDIA: SVEGLIAMI FRA 2 ORE
MA COME FACCIO A SAPERE SE SONO PASSATE 2 ORE?! NON HO L'OROLOGIO!...
UFF!... CONTA FINO A 7'200! PRENDI IL LANCIARAZZI... E NON USARLO CONTRO LE ZANZARE!...
ANZI: NON USARLO AFFATTO!

CHE BUIO PESTO! NON SI VEDE NULLA!... PERO' LA FORESTA FA UN BACCANO INFERNALE!
...53, 54, 55, 56, 57, 58 59...
E MELISSA RUSSA COME UN ORSO!
ISSH!
CHIGA!
CHIGA!
FROH!
FROH!
OOWL!
RONF! SQUEAK!
RONF!
ROAR!
SOUT! SOUT! CRA! CRA!
CRIK! CROK!

...COME FA QUELLA LI' A DORMIRE COME UN GHIRO?!
IO NON POTREI CHIUDERE OCCHIO! PER FORTUNA SORGE LA LUNA...
...324 325, 326, 327...
RONF! RONF!

...827, 828, 829, 830, OTTOCENTO... AHUNG!... TRENT...
NON SO SE HO PIU' SONNO... O PAURA...
RONF! RONF!

E INEVITABILMENTE...
RONF! RONF!
ZZZ

MAGDA!... SEI UN'INCOSCENTE! NON MI HAI SVEGLIATA!
EH?!... AHUNG!... CHE ORE SONO? DOVE SONO?...
SCUSA UN CORNO!
OH!... SCUSA, MELISSA...

POTEVAMO FINIRE IN PASTO AI COCCODRILLI SENZA NEPPURE ACCORGERCENE!
... MA TI HO CHIESTO SCUSA...
... O SU UNA RAPIDA!
RAPIDA?.. E' UNA COSA MOLTO VELOCE?

COMUNQUE NON HO VISTO NE' COCCODRILLI, NE LEONI, ELEFANTI, IPPOPOTAMI....
LEONI?! ELEFANTI?! IPPOPOTAMI?!... MA DOVE CREDI DI ESSERE?!
SPLASH

...EHI!... STA PER PIOVERE!... UN TEMPORALE COI FIOCCHI!...
BENE! NE APPROFITTERO' PER FARE UNA BELLA DOCCIA! DEVO LEVARMI DI DOSSO LA PUZZA DELLA LOZIONE CONTRO LE ZANZARE!...
KRA·TA·TRAK!
GULP!

ALTRO CHE DOCCIA! VIENI DENTRO! E AIUTAMI A REGGERE LA TENDA!...
PIOVE A BARILI! E' UN URAGANO! E' SPAVENTOSO!
... PRIMA CHE VOLI VIA!

IL FIUME E' GONFIO DA FAR PAURA!
STIAMO FILANDO COME SCHEGGE!
MA QUANDO LA SMETTERA' DI PIOVERE?!

COSI, RAPIDA= MENTE, COME E' INIZIATA, LA TEMPESTA CESSA E IL SOLE TORNA A SPLENDERE...
LA BURIANA E' FINITA! UNA BELLA TEMPESTA TROPICALE
SPUNTA IL SOLE... NE APPROFITTERO' PER ASCIUGARMI...
NON MI SEMBRA IL CASO! SENTI QUESTO RUMORE?!
ROAR!
CHE COS'E'?

E' UNA CASCATA!!
E ORA CHE FACCIAMO?
CERCHIAMO DI GUADAGNARE LA RIVA!...
TROPPO TARDI! QUI C'E' POCO DA GUADAGNARE!...
... SOLTANTO OSSA ROTTE!...
RUMBLE!
COME FINIRA? LO SAPRETE NEL PROSSIMO EPISODIO...

WARNING!
MAGDALA IS COMING

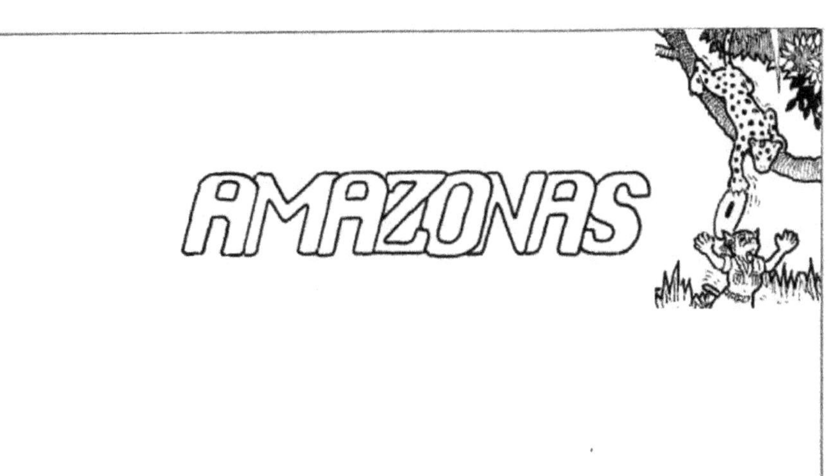

AMAZONAS

ADDIO MAGDA!... E' STATA UN'AMICIZIA BREVE... PURTROPPO!...
BREVE MA INTENSA!
SI SALVI CHI PUO'!
QUI SI SFASCIA TUTTO!
RUMBLE!
KRICK!
BRAK!

AIUTO!
AFFOGO!
GULP! GASP!
CHE DISASTRO!
RUMBLE!
KRASH!

OHI!
SPLUT!
BONK!
OIL

FINALMENTE! A TERRA!
MA ABBIAMO PERSO TUTTO!
GLOB! GLUB!
CE LA SIAMO CAVATA PER UN PELO...
SPLUT!
PUFF! PUFF!
SPLUT!
PUFF! PUFF!

SHH!... C'E' QUALCUNO LA' DIETRO!...
QUALCUNO?... ALLORA SIAMO SALVE!...
NON PRORIO!... DALLA PADELLA ALLA BRACE!...
COME?!
OIL

CHIUDI IL BECCO!... E STAI FERMA...
NON MUOVERE UN DITO....O SIAMO FRITTE!
GULP! E QUESTI... DA DOVE SBUCANO?!

QUELLE SONO FRECCIE AL CURARO!...
CURARO? COSA ASPETTIAMO A DARCELA A GAMBE?!

YE! YE!... AZINGARE!...
YE! YE! KURUPÙRI'!...
CHE DIAVOLO DICONO?
CHE NE SO?! QUESTI SONO INDIOS BRAVOS!...
ALLORA SONO PERSONE PER BENE?
EHI!
MALEDU= CATO!...

YE! YE!... TOMBOLARI!
YE! YE!... ARRANKARI!
UN PO` DI CREANZA! PERBACCO!
ASSECONDIAMOLI... GLI INDIO SONO PER= MALOSI... FORSE SONO CAMPAS O IVAROS... CACCIA= TORI DI TESTE!
CACCIATORI DI TESTE?!...
GULP!

INIZIA COSÌ UNA LUNGA CORSA ATTRAVERSO LA JUNGLA AMAZONICA...
MBARA! ARRANKARI!
YE! YE!
MA DOBBIAMO PROPRIO CORRE?! CHE FRETTA HANNO?
FORSE NON VOGLIONO FAR TARDI PER IL PRANZO!...
PUFF PUFF!
PUFF PUFF!

YE`! YE`! MANDUKARI!
HO IL CUORE IN GOLA!
QUELLO DEVE ESSERE IL LORO VILLAGGIO...
CHISSÀ SE SONO CANNIBALI...

...MI SA DI SÌ...
ACCIDENTI ALLA TUA LAVATRICE!
OH! NO!... LO SAPEVO CHE ANDAVA A FINIRE COSÌ!...
NON VOGLIO FINIRE NEL LORO STUFATO!

MANDUKARA! YE! YE`
E QUESTA SCHIFEZZA COS'E`?
TAM! TAM!
MANGIA! POTREBBERO OFFENDERSI!
MA NON MI PIACE! E POI COME SONO SUSCETTIBILI!
MANDA GIÙ E MENO STORIE!
SNIFF! SNIFF!

...SEMBRA UN MINESTRONE DI VERDURE...
VOGLIONO INGRASSARCI PER IL PRANZO DI NATALE!
SONO ALLEGRI QUESTI SEL= VAGGI!...
FANNO GRAN FESTA!..
GIÀ...LA NOSTRA FESTA...

IL DIAVOLO NON E' POI COSI' BRUTTO COME LO SI DIPINGE E I FEROCI CAMPAS SI PRESTANO AD ACCOMPAGNARE LE DUE AMICHE VERSO LA CIVILTÀ...
IN FONDO QUESTI SELVAGGI SONO STATI PROPRIO CARINI CON NOI...!
CERTO!...PIU' DELLA MIA VICINA DI CASA!

OOH...OH!.CI RISIAMO! UN'ALTRA RAPIDA!
PIANO RAGAZZI!
NON VORREI PROVARE LA BONTA' DELLE STRUTTURE SANITARIE LOCALI O LE CAPACITA' DEL VOSTRO STREGONE!

DOPO UNA VELOCE DISCESA IL FIUME RALLENTA IL SUO CORSO...
VEDO DEL FUMO! LA', DIETRO LA CURVA!
E IO VEDO I PRIMI SEGNI DI CIVILTA'!...
...IMMONDIZIA!

CIAO RAGAZZI!...SIETE STATI DAVVERO CARINI!..
...SE PASSATE DA CASA MIA, VENITE A TROVARMI!
NON MI SEMBRA PROPRIO UNA METROPOLI!
MA...CI SARA' PURE UNA BOUTIQUE!...
CHE SQUALLORE!

GLI ABITANTI DI LOS MOSQUITO SONO IN GRAN PARTE LADRI, TRUFFATORI, LESTOFANTI AVVENTURIERI, BARI... IN UNA PAROLA... GENTE DI MONDO...
BIEN VENIDAS A LOS MOSQUTOS, SEÑORITAS! YO SON DON FERNANDO MIGUEL, FRANCISCO, RODRIGUEZ MOLINAS Y SAAVEDRA Y GUTIERREZ...
TUTTO ATTACCATO?!...
...PARA SERVIR HUSTED!...
FINALMENTE UNA PERSONA PER BENE!...

...CHE BELLE MANIERE...
NON FIDARTI TROPPO DELLE APPARENZE! I CAMPAS SONO MENO UNTUOSI...
DICA UN PO' GIOVANOTTO...COME SI FA A TORNARE AL MONDO NORMALE?
COL VAPOR, SEÑORITA, MAGNANA!

...MA NON ABBIAMO DENARO PER IL BIGLIETTO!...
DON FERNANDO PUEDE BUSCAR EL DINERO... ESTA TARDAS...FIFTY-FIFTY!... OK?
GIA'! MA COME?
EL CANGREJO ROHO

HUSTED PUEDE CANTAR Y BALAR?
GULP!
IO SONO STONATA COME UNA CAMPANA!
NO ES RELEVANTE! NOT IMPORTANT!
BAR

DON FERNANDO ES IMPRESÁRIO TEATRAL!...

QUELLA SERA AL CAFFE' "EL TUGURIO"...
VIVA LAS SEÑORITAS!
ATENCION POR FAVOR!... DOS SEÑORITAS EXTRANJERAS QUIEREN DE SE EXIBIR...
OLE'!
...WOW! CARAMBA!

EHI TU!... PUOI PRESTARMI LA CHITARRA?...
?
GULP!... POTRANNO APPREZZARE LE MIE DOTI CANORE?...

BRAVE!
BRAVIS- SIME!
OH SOLE MIO...
GLAP! GLAP!
BIS!
VIVA LAS SEÑORITAS!

MUCHAS GRACIAS...
GRACIAS SEÑOR!...
OH!... E' ANDATA MEGLIO DI QUEL CHE SPERASSI!

LA NOTTE ALLA LOCANDA DEL "CANGREJO ROHO"...
EL CANGREJO ROHO
NON CREDO AI MIEI OCCHI!
FA UN CALDO INFERNALE!
NON VEDO L'ORA DI SCAPPARE DA QUESTO BUCO!

...ZANZARE! ANCORA! E LI' C'E UN RAGNO... GROSSO COME UN GRANCHIO!
NON CHIUDERO' OCCHIO TUTTA LA NOTTE!
UNO SOLO? DOVE CREDEVI DI ESSERE? ALL'AMBASSADOR?

LA MATTINA SEGUENTE
EHI!... COSA SAREBBE QUEL TRABICCOLO?!
LA CUCARACHA SEÑORITA!... EL VAPOR!
GULP! SEMBRA TENUTA INSIEME COL FIL DI FERRO!
TOOH!
PAT PAT
CUCARACHA

NON TEMA! ES EL MAS FUERTE VAPOR DE TODO UCAYALI!
CHISSA' COME SONO RIDOTTI GLI ALTRI!
OH!... OH! GARCIA VER DOBLE! DOS SEÑORITAS! YO NO HE BEBIDO! JURO!...
CUCARACHA

GARCIA, TE RECOMIENDO LAS SEÑORITAS! ADIOS! BUEN VIAJES!...
NO SE PREOCUPE! HUSTED ESTAN AL SEGURO!...
CIAO, CIAO...
PAT! PAT!
CUCARACHA

QUESTO GARCIA SOMIGLIA PIU' AD UNA SPUGNA CHE AD UN CAPITANO!...
MI SA CHE LA CUCARACHA CONSUMI PIU' ALCOOL CHE CARBONE!...

BAH!... L'IMPORTANTE E' CHE CI RIPORTI AL PIU' PRESTO IN UN POSTO CIVILE!
SEMBRA UN PORCILE GALLEGGIANTE, UNA VERA TOPAIA!

IL FIUME QUI PULLULA DI COCCODRILLI!
CHE FAUCI! MI PARE CHE QUELLO LI` MI STIA FISSANDO!...

LA NAVIGAZIONE SUL RIO UCAYALI E` PIENA DI SORPRESE E NON C'E` TEMPO PER ANNOIARSI...
EHI, MELISSA!... COSA C'E` LA` DAVANTI?! QUALCUNO HA TOLTO IL TAPPO AL LAVANDINO?..
?

ACCIDENTI!... E` UN GORGO!... MAGDA, CI FINIREMO DRITTI DENTRO!
PER TUTTI I NUMI! E` ORRIBILE
CUCARACHA
CUCARACHA

MI SENTO MALE! NON OSO GUARDARE!
SPERIAMO CHE IL CAPITANO SAPPIA COSA FARE!...

MANUEL! A TODA FUERZA! ADELANTE!
SPLASH!

PFUI!... CE L'ABBIAMO FATTA PER UN PELO!... ADESSO PUOI APRIRE GLI OCCHI!...
GRAZIE AL CIELO!...
PAT! PAT!

EHI! MANUEL!... NON TI SEMBRA DI ESAGERARE CON TUTTO QUEL CARBONE?..
EL CAPITAN QUERE MOSTRAR A LAS SEÑORITAS LA CUCARACHA EN TODA SU VELOCIDAD!
TUMP! TUMP!
PSSH!

MANUEL! BASTA CARBONCHITO!
MA E` PAZZO! FARA` SALTARE LA CALDAIA!

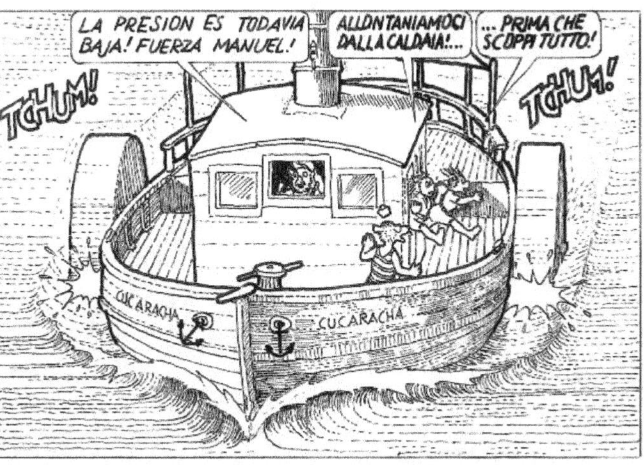

LA PRESION ES TODAVIA BAJA! FUERZA MANUEL!
ALLONTANIAMOCI DALLA CALDAIA!...
... PRIMA CHE SCOPPI TUTTO!
TCHUM!
TCHUM!
CUCARACHA
CUCARACHA

CAPPERI! CHE BOTTA!
BOOM!

LA VECCHIA CARRETTA È ESPLOSA!
NON POTEVA FINIRE ALTRIMENTI! ...TUTTI SALVI?
POR SUERTE... NO MUERTOS NI HERIDOS!

...SOLO QUALCHE UBRIACO!...
LAMENTO INFORMALE QUE E VIAJE TERMINA AQUÍ!
GRAZIE PER L'INFORMAZIONE, MA CI SIAMO ARRI= VATE DA SOLE!
EUCARACHA

E ADESSO CHE FACCIAMO?
PODEMO ESPERAR EL POSTAL...
DICE CHE POSSIA= MO ASPETTARE IL BATTELLO POSTALE...
AH!... BENE!... E...QUANDO ARRIVA?
CANNED BEEF
TEQUILA
TAP! TAP!
BEANS

UN MES... DOS MES... QUIEN SABE?
IL SERVIZIO POSTALE LASCIA UN PO' A DESIDERARE DA QUESTE PARTI!
MA NON POSSIAMO RESTARE QUI, BLOC= CATE FRA SERPENTI, COCCODRILLI, RAGNI...
US A
CANNED BEEF

...GIAGUARI, VAMPIRI E CHISSÀ QUALI ALTRE DIAVOLERIE!
E SE NON CI DIVORANO I COCCODRILLI, LO FARAN= NO LE ZANZARE!
DOBBIAMO TORNARE A LOS MOSQUITOS... A PIEDI!...
A PIEDI?! SEI AMMATTITA?!
SONO SOLO POCHE MIGLIA...
US ARMY

FRA LE VANE PROTESTE DI MAGDALA, LE DUE AMICHE SI PREPARANO A PERCORRERE LE "POCHE" MIGLIA CHE LE SEPARANO DA LOS MOSQUITOS...
TRAER CON USTED ESTO REVOLVER! PUEDE SERVIR!
GRAZIE!... TEMO CHE NE AVREMO BISOGNO!...
GULP!
TEQUILA

ESTE VALIENTE, SEÑORITAS!
BUENA SUERTE SEÑORITAS!...
VAYA CON DIOS... HASTA LA VISTA!
CIAO! CIAO!
GULP! MA SEI SICURA DI...?
RIUSCIRANNO MAGDALA E MELISSA A RAGGIUNGERE LOS MOSQUITOS? ...LO SAPRETE (FORSE) LEGGENDO IL PROSSIMO EPISODIO...

WARNING!
MAGDALA IS COMING

CURUPURI

DOPO IL DISASTRO DELLA CUCARACHA, MAGDALA E MELISSA
SI AVVENTURANO NELLA JUNGLA PER RAGGIUNGERE
LOS MOSQUITOS, PEDIBUS CALCANTIBUS...

CHE JELLA!.. E PEN=
SARE CHE CE L'AVE=
VAMO QUASI FATTA!
CON QUEL BARCO=
NE DI UBRIACHI NON
POTEVAMO ARRIVARE
DA NESSUNA PARTE!

..MA, MELISSA...
SEI SICURA CHE
LA DIREZIONE
SIA GIUSTA?
CERTO!...HO SEGUITO
UN CORSO DI ORIENTA=
MENTO PER DIRIGENTI
DI AZIENDA!
AH!...
CUT!

BRR!...QUESTA
FORESTA MI DA
I BRIVIDI!...
SARA' IL
CURUPURI...
CURAPORI?
E COS'E'? UNA
POMATA DI
BELLEZZA?

"CURUPURI"!.. E' LO SPIRITO MALIGNO
CHE, SECONDO GLI INDIOS, ALLIGNA
NELLA FORESTA... LORO CREDONO
CHE STIA SEMPRE IN AGGUATO!
TI SEMBRO IL
TIPO CHE CREDE
IN QUESTE STUPIDE
SUPERSTIZIONI.?!
AH, SI?... E
TU CI CREDI?

...MELISSA!...SONO STANCA!...
HO I PIEDI INDOLENZITI!...
FERMIAMOCI UN MOMENTO!..
DI GIA'?!... ABBIAMO PERCORSO MENO DI
DUE MIGLIA!... DI QUESTO PASSO NON AR=
RIVEREMO MAI!...
...TANTO VALEVA
ASPETTARE IL
POSTALE!
BLINK!

UN PUMA!
EEK!
GRAN!

SPARAGLI!!
E' SCARICA!!...
CORRI!...
CLICK!
SNIF ?

...MI E' PASSATA
LA STANCHEZZA!
GAMBE IN SPALLA!
E RISPARMIA IL
FIATO!
GRR!

LA PROSSIMA VOLTA GUARDA DOVE TI SIEDI!
NON L'HO FATTO APPOSTA!

EHI!.. NON SPINGERE!
SALI!.. SVELTA!... PIU' VELOCE!. CE L'HO ALLE COSTOLE!...

QUESTO CI SBRANA!
SENTO IL SUO FIATO SUL COLLO....
AHIAH!
SCRATCH!

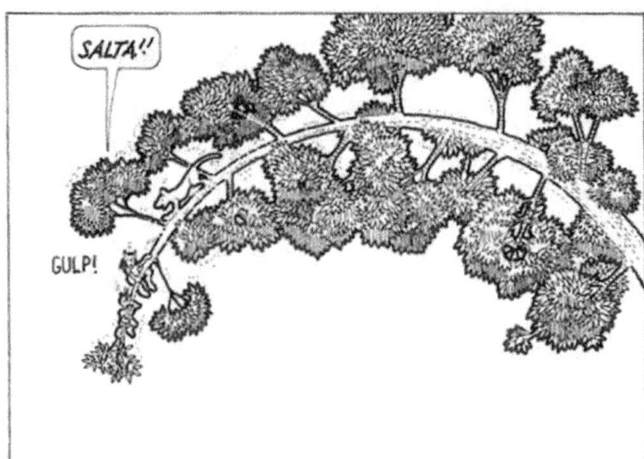

SALTA!!
GULP!

EEK!
SPRONG!

CI STA ANCORA INSEGUENDO?!
E CHE NE SO!?... NON MI SONO MAI VOLTATA!
...PERO' CREDO CHE LA BELVA NON SI ASPETTAS= SE QUELLO SCHER= ZETTO!... EH! EH!

CHISSÀ DOVE SIAMO?... MELISSA, SEI SICURA CHE NON CI SIAMO PERSE?
NON METTERMI L'ANSIA AD= DOSSO, MAGDA!... DOBBIAMO ANDARE AD OVEST! LA BUS= SOLA PARLA CHIARO!...
IO, VERAMENTE, NON HO SENTITO NULLA...

GUARDA!... UN MURO! FORSE SIAMO GIA' A LOS MOSQUITOS!..
IMPOSSIBILE!... QUARANTA MIGLIA NELLA JUNGLA RICHIEDONO ALMENO QUATTRO GIORNI!!...

FORSE IL PUMA CI HA MESSO LE ALI AI PIEDI...
NE DUBITO! E POI A LOS MOSQUITOS NON CI SONO MURI DI PIETRA= ALMENO NON COME QUESTI...
UHM!... IL LUOGO È DISABITATO DA SECOLI...

E' UN TEMPIO INCA O DI QUALCHE ALTRA CIVILTA' PRECOLOMBIANA...
ANDIAMOCENE!...

VOGLIO VEDERE COSA C'E' DENTRO!
QUESTO POSTO NON MI PIACE! ANDIAMO VIA!

NON SEI PER NIENTE CURIOSA!...
SONO SICURA CHE CI SONO SOLO RAGNI E SERPENTI!
MA CHE RAZZA DI SCALINI!...
PUFF!
PUFF!

DIAMO SOLO UN'OCCHIATA!
E TU VORRESTI FARMI ENTRARE IN QUEL BUCO!? LEVATELO DALLA TESTA!!

VA BENE... IO ENTRO. TU ASPETTAMI LI'... FIFONA!...
GULP!..MELISSA, HO CAMBIATO IDEA! VENGO CON TE!...
GROW!

MENO MALE CHE TI SEI DECISA! E' MOLTO INTERESSANTE!...
IO VEDO SOLO POLVERE E RAGNATELE!...CHISSA' QUANDO HANNO FATTO LE PULIZIE L'ULTIMA VOLTA!
PROCURIAMOCI UNA TORCIA!...

IL CORRIDOIO FINISCE QUI...CHE DELUSIONE!
BENE!...TI SEI TOLTA LA CURIOSITA!...
...ORA TORNIAMO FUORI... C'E' QUALCOSA DI MA= LEFICO!...LO SENTO...
SARA' IL CURUPURI... EH!'EH!...
CHE SPRECO DI PIETRE!... PER COSI' POCO!

...NON CAPISCO QUESTA FRETTA: DEVE ESSERCI QUALCOS'ALTRO... AIUTAMI A SMUOVERE QUESTA PIETRA!
SAI COSA ACCADRA'!? CI CROLLERA' TUTTO IN TESTA!
DIG! CHOP!
SCRATCH!
TAP! TAP!

VEDI CHE CE LA FAC= CIAMO... SE CI METTI UN PO' DI IMPEGNO!
URK!...QUANTO PESA!...
ACCIDENTI!... MANCATA PER UN PELO!
DIAVOLO!
RUMBLE!

C'ERA UN BUCO LA' DIETRO! SGATTAIO-LERO' DENTRO!...
CHISSA COME E' SPORCO!
MELISSA! STA' ATTENTA!...
QUELLA NON LA FERMA NESSUNO!

EHI! MAGDA! SCENDI GIU'! E MUOVITI!...
VIENI A VEDERE!
COSA C'E'? PERCHE' VUOI CHE... MI INSUDICI ANCH'IO.?

CHE POSTO ORRENDO.!
E CHI E'?! SAN GATTO?
GUARDA COSA TIENE FRA LE UNGHIE QUEL GATTONE!

MA...! CAVOLO! QUELLO E UN DIAMANTE!... ENORME!...
IO LO VOGLIO!
...TOGLIAMOLO SUBITO DALLE GRINFIE DI QUELLO STUPIDO GATTO DI PIETRA!
AL TEMPO! FERMA!

CI VUOLE PRUDENZA... QUESTI TEMPLI, COME SAPPIAMO DAI FILMS, SONO PIENI DI TRAPPOLE...
FORSE...
TRABOCCHETTI.?... ...CON I PALI A PUNTA.?... OH!...

IL PAVIMENTO SEM-BRA SOLIDO... PROVIAMO COSI'...
EHI!... CHE FAI?! SPARI AL MIO DIAMANTE?! COSI' ME LO SCIUPI!
BANG!
TUMP!
TUMP!

...ERANO LE FRECCE AVVELENATE!...
GULP!... SE NON MI FER-MAVI, MI AVREBBERO RI-DOTTO A UN PUNTASPILLI!
ZUT!
DING!
ZUT!
ZUT!

...ORA POSSIAMO PREN-DERLO!... DAI QUA BEL MICIONE!...
VORRAI DIRE: I LORD SPETTRI!
DAI!... FILIAMOCELA, PRI-MA CHE ARRIVINO I LEGITTIMI PROPRIETARI!
BRR!...

OH!... FINALMENTE! DI NUOVO ALL'ARIA APERTA!... SOFFO-CAVO LA' DENTRO!
MAGDA!... PENSACI! SIAMO RICCHE!...

CERCHIAMO DI PORTARE A CASA LA PELLE VELOCEMENTE! NE HO ABBASTANZA DI QUESTA JUNGLA SELVAGGIA!
UH...UH... CREDO CHE CI SIA UN IMPREVISTO...
ANCORA?!
BONK!
OUCH!

...UN COCCO-DRILLO.!...
...LE PALLOTTOLE GLI FANNO IL SOLLETICO!...
CORIACEO IL RAGAZZO'
GIRA I TACCHI.!...
...E CORRI!!!...
CLAT!
CLAT!
BANG!
BANG!
BANG!
PING! PING!
PING!

NON CREDEVO CHE I COCCODRILLI FOSSERO COSI' VELOCI A TERRA!
RISPARMIA IL FIATO!

UH!..OH!..UN ALTRO PESSIMO INCONTRO!
E ORA ?!
SCARTA DI LATO!.. COSI' LI GIOCHIAMO TUTTI E DUE!..

FRA I DUE LITIGANTI IL TERZO...SE LA SVIGNA!
SE LE DANNO DI SANTA RAGIONE!
MELISSA, DOVE HAI IMPARATO QUEL TRUCCO?
HO GIOCATO NELLA SQUADRA DI RUGBY FEMMINILE DEL= L'UNIVERSITA'...

PIU' TARDI...
NON CE LA FACCIO PIU'!..
STIAMO CORRENDO DA UN BEL PEZZO!
DI CERTO LI ABBIAMO SEMINATI: FERMIAMOCI QUI E ACCAMPIAMOCI...
PUF!
PUF!

ACCAMPARCI ?! QUI ?! IN MEZZO A TUTTE QUESTE BELVE ?!..
AH!.. PERCHE'? DI GIORNO NON LO E' ?!
IL SOLE STA PER TRAMONTARE. E' PERICOLOSO PRO= SEGUIRE AL BUIO!

UN BEL CAFFE' CI AIUTERA' A STARE SVEGLIE!
CON TUTTE QUELLE BELVE A ZONZO?
MA IO HO SON. NO!..VOGLIO DORMIRE!
GULP!

E COSI'...
MELISSA!.. HO SENTITO UN RUMORE!..
E' LA TRENTESIMA VOLTA CHE SENTI UN RUMORE! LA FORESTA DI NOTTE E' PIENA DI RUMORI!
SSJITT!
SHRIEK!
HISS!
OOWL!
UUH!
SQJACK!
GROAN!

LA MATTINA SEGUENTE, FRESCHE E RIPOSATE, MAGDALA E MELISSA RIPRENDONO LA MARCIA VERSO LOS MOSQUITOS
UN'ALTRA NOTTE COME QUESTA E IMPAZZISCO!
IL PUNTO? UN'ALTRA VOLTA ?!
STAI UN PO' ZITTA!.. DEVO FARE IL PUNTO CON LA BUSSOLA!..

NON E' CHE, PER CASO, CI SIAMO PERSE ?!..
NO, NO, IMPOSSIBILE...NON CREDO,...ANZI...STIAMO AN= DANDO NELLA DIREZIONE GIUSTA (CREDO)...
TAP! TAP!

RIUSCIRANNO MAGDALA E MELISSA A RITORNARE FINALMENTE A CASA?

WARNING!
MAGDALA IS COMING

LA RESA DEI CONTI
DOPO UN VOLO CHE NON POTREMMO DEFINIRE CONFORTEVOLE, MAGDALA E MELISSA AMMARANO SUL LAGO GUARAPINGA A SAN PALO, LA CITTA PIU' MALFAMATA DEL BRASILE...

CIAO, E GRAZIE PER IL PASSAGGIO!...
DE NADA!... FATE BUON VIAGGIO!
CIAO!
PTTER! PTTR!
SPLASH!

E ORA CHE FACCIAMO? NON ABBIAMO DENARO CONTANTE PER L'AEREO...
DOBBIAMO VENDERE IL DIAMANTE... OPPURE LAVARE PIATTI PER ALMENO UN MESE!
CHE ASPETTIAMO? VENDIAMOLO!

PIU' TARDI...
CHE POSTO POCO RACCOMANDABILE!
NON SI PUO' ANDARE IN UNA GIOIELLERIA?
ASSOLUTAMENTE NO!... CI ARRESTEREBBERO SUBITO: TRAFUGAMENTO DI REPERTI ARCHEOLOGICI!
CI SONO PARECCHI BRUTTI CEFFI QUA IN GIRO!

...E PRESSO UN MERCANTE POCO SCRUPOLOSO...
LO SAPEVO CHE C'ERA LA FREGATURA!...
QUESTO DIAMANTE VALE MOLTISSIMO... MA NON PUO' ESSERE VENDUTO... LEGALMENTE...
VENIAMO AL SODO: E IL LEGALMENTE?

...POSSO COMPRARVELO AD UN DECIMO DEL SUO VALORE REALE...
COSI' POCO?
E... QUANTO CI DAREBBE?

UN MILIONE DI DOLLARI...
VI FACCIO UN ASSEGNO...
PERBACCO! NE VA DEL BUON NOME DELLA DITTA!
AFFARE FATTO! 10'000 IN CONTANTI!
SVENGO!...
... E' COPERTO?
CE NE FACCIA DUE...

DOPO ESSERSI RIFATTE IL GUARDAROBA NELLA MIGLIORE BOUTIQUE DELLA CITTA', MAGDALA E MELISSA SI IMBARCANO SUL PRIMO VOLO CHE LE RIPORTERA' IN PATRIA...
PENSI CHE SIA PRUDENTE TORNARE A CASA CON QUEI DELINQUENTI A PIEDE LIBERO?
AVRESTI PREFERITO RESTARE NELLA JUNGLA?...
PASSENGERS ONLY
DUTY FREE

...COMUNQUE HO MANDATO UN FAX AL COMMISSARIATO DI POLIZIA...
NON CI GIUREREI...
AH!... BENE! COSI' LI ARRESTERANNO TUTTI QUANTI!...

DOPO DIVERSE ORE DI AEREO...
ANDIAMO SUBITO IN BANCA A DEPOSITARE GLI ASSEGNI E POI... DI CORSA ALLA POLIZIA!
UFF!... NON NE POTEVO PIU' DI STARE INCOLLATA A QUEL SEGGIOLINO!
FLASH LINES

COME?! VOGLIO FARMI AL= MENO UNA DOCCIA, SCHIAC= CIARE UN PISOLINO E BE= RE IL CAFFE'...
SCORDATENE! NON ABBIAMO TEMPO DA PERDERE!...SE QUELLI CI SCOPRONO!...
ZAC!
ARRIVALS
GASP!
TAXI
RENT A C
ZIP!

CI PORTI AL COMMISSARIATO! PIU' VELOCE CHE PUO'! E' UNA QUESTIONE DI VITA O DI MORTE!
SARO' UN FUL= MINE!
Big Bang Hotel

POCO DOPO...
ABBIAMO MANDATO UN FAX DAL BRASILE!...
...SIAMO APPENA ARRIVATE!...
BUON GIORNO, COMMISSARIO! BISOGNA CHE LI METTIATE AL FRESCO...
...TUTTI QUANTI!...
?!
SLAM!
WANTED

...MANDI SUBITO UNA VOLANTE...ALLA CASA DELLA LAVATRICE!...
...NELLA CASSA C'ERANO DELLE MITRAGLIATRICI!...
...ANCHE IL COMMESSO ERA D'ACCORDO!...
UN MOMENTO!...CALMA! SE PARLATE TUTTE IN= SIEME NON CAPISCO NULLA!
TA-TA- TA-TA- TA-TA!

ALCUNE ORE PIU' TARDI...
...RIASSUMENDO: VOI DITE DI ESSE= RE STATE RAPITE PERCHE' AVETE SCOPERTO UN TRAFFICO DI ARMI...
ESATTO! HA CAPITO BENIS= SIMO!
PROPRIO COSI', COMMISSARIO!

...DOVETE METTERLI DENTRO!...TUTTI!
...SE QUESTA STORIA E' VERA, NON POSSIAMO COMUNQUE ARRESTARLI...NON ABBIAMO NESSUNA PROVA...
WANTED
WANTED
HARD CASES
EASY CASES
TO SO CASES
HARD CASES
VERY HARD ...

COME SAREBBE A DIRE: "NESSUNA PROVA"?!...
CI HANNO SEQUESTRATE! E SE NON CI FOSSIMO LIBERATE, NON SAREMMO QUI A RAC= CONTARLO!
...ABBIATE PAZIENZA!...
...SEGUITEMI
SLAM!

PAZIENZA UN CORNO!
CALMA... QUELLA BANDA CI E' NOTA DA TEMPO, MA NON SIAMO MAI RIUSCITI AD INCASTRARLA...
BELLA POLIZIA!
NO ...
ELECTRONICS DEP.

...PERO', SE FOSTE DISPOSTE AD AIUTARCI...POTREMMO COGLIERLI SUL FATTO...
E NOI COSA DOVREMMO FARE?...
ELECTRONICS DEPARTMENT
RESTRICTED AREA
FLYING SQUAD

DOVRESTE, PER PRIMA COSA, AN= DARE ALLA CASA DELLA LAVATRICE...
E LA SECONDA E' FARCI AMMAZ= ZARE?!...
CI HA PRESO PER CRETINE ?!
SE LO LEVI DALLA TESTA!
BUGS & MICROPHONES
TAP! TAP!

CALMA...VI ASSICURO CHE ANDRA' TUTTO BENE...NOI INTERVERREMO SUL PIU' BELLO!...
VORRA' DIRE: SUL PIU' BRUTTO!
INDOSSERETE QUESTE DUE "CIMICI"...
MI RIFIUTO DI FARMI INFE= STARE DA QUEGLI ORRI= BILI INSETTI!

ABBIAMO UNA SQUADRA SPECIALE PER QUESTI CASI...NON VEDONO L'ORA DI MENARE LE MANI!...
COMMISSARIO, QUEI DELINQUENTI SONO PRONTI A TUTTO!...
NON PREOCCUPATEVI... ANDRA' TUTTO LISCIO...
...COME L'OLIO...
SARA'...

SI ALLENANO GIORNO E NOTTE PER UN BLITZ!
SE LE DANNO DI SANTA RAGIONE! MA COSÌ SI FA= RANNO MALE!
SPERO CHE NE SOPRAVVIVA QUAL= CUNO PER SOC= CORRERCI!...
MAGDALA E MELISSA, NON AVENDO AL= TERNATIVE, "OBTORTO COLLO", ACCET= TANO DI FARE DA ESCA PER SMASCHERARE LA BANDA CHE UTILIZZA LA "CASA DEL= LA LAVATRICE" COME COPERTU= RA DEI SUOI LOSCHI TRAF= FICI. E IL GIORNO SEGUENTE...
COUGH!
SMASH!

GLOM!...MI SENTO COME IL TOPO CHE VA A FARE VISITA A CASA DEL GATTO!
NON CI RESTA CHE SPERARE NEL COMMISSARIO E CHE NON CI SIANO INTOPPI!
WASH HOME

BUON GIORNO, SIGNORINE, IN COSA POSSO SERVIRLE?
EHI, BEL TOMO! FAI FINTA DI NON RICO= NOSCERCI?!
TI RINFRESCHIA= MO NOI LA ME= MORIA!...

...SIAMO VENUTE PER UNA LAVA= TRICE, UN PAIO DI MESI FA...
AH... SI! RI= CORDO... QUALCOSA NON VA?
NON FARE LO GNORRI! LA CASSA ERA PIENA DI ARMI!...

...E DELLA MIA LAVATRICE... NEMMENO L'OMBRA!
RIVOGLIO IN= DIETRO I MIEI SOLDI!
COME LA MET= TIAMO?! IO SO= NO AVVOCATO...
E SE NON GLIELI RESTITUITE, VI DENUNCIAMO!
STUMP!

...NON VE LA CAVERETE TANTO FACILMENTE!
SONO DESOLATO PER IL DISGUIDO... LA DITTA HA MOLTO A CUORE LA SUA REPUTAZIONE... FACCIO UNA TELEFONATA E RIMEDIAMO!
WASH

...LE DAREMO L'ULTIMO MODELLO SUPER-LUSSO COMPLETAMENTE GRATIS...
L'ULTIMO MODELLO? UHM...GRATIS?...UHM... BENE, BENE...
EHI, GIORGIO!... FAI "SISTEMARE" LE SIGNORINE...
SUBITO! CON PIACERE!
EXPOSITI

HERNANDEZ?.. C'È UN LAVORETTO PER TE... CHIAMA IL "MITRAGLIA" E GLI ALTRI: SONO TOR= NATE LE POLLASTRE...
...FATELE SPARIRE SENZA TANTO BACCANO...

HERNANDEZ! GUARDA CHI SI RIVEDE!...
AH!... BEN TORNATE COCCHE! CAPITATE PROPRIO A FAGIOLO!
"COCCA" DILLO A TUA SORELLA! CAFONE!
COME SI PER= METTE CERTE CONFIDENZE?! VILLANO!

DI QUI NON SI PASSA!
QUESTO È PER TE! BRUTTO PORCO!
SEQUESTRO DI PERSONA! ALLARME!
NON FATEVELE SCAPPARE!
MY DAY!... MY DAY!...
OUTT!!
PSS!
TUMP!

ASSERRAGLIATE ALL'ULTIMO PIANO DELLA "CASA DELLA LAVATRICE", MAGDALA E MELISSA RESISTONO CON LE UNGHIE E CON I DENTI ALL'ASSALTO DEI GANGSTER...

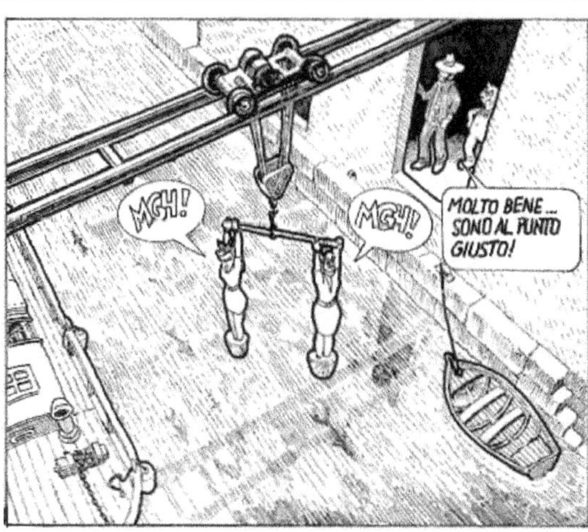

MAGDALA E MELISSA QUESTA VOLTA SONO NEI GUAI FINO AL COLLO... SE NON SUCCEDE QUALCOSA, TEMO CHE SAREMO DOLENTI DI ANNUNCIARE LA FINE DELLE LORO AVVENTURE...

NEL FRATTEMPO L'AGENTE DI TURNO E' STATO SVEGLIATO DALLE GRIDA DI MAGDALA
ASSASSINI!... AIUTO!... MY DAY! MY DAY!
OPS!... DEVO ESSERMI APPISOLATO!
PERBACCO! ALLARME ROSSO!...
BINK!
PUSH!
SPRONG!

IN MEN CHE NON SI DICA, LE FORZE SPECIALI DELLA POLIZIA, IN TENUTA D'ASSALTO, CIRCONDANO IN GRAN NUMERO LA "CASA DELLA LAVATRICE" ED IRROMPONO ALL'INTERNO FRA IL PANICO DEI CLIENTI...
AIUTO! I MARZIANI!
SGOMBERARE!
WASH HOME
MANTENETE LA CALMA!
BLOCCATE LE USCITE!
NO! E LA POLIZIA!
CIRCOLARE!
QUESTA E' UNA OPERAZIONE DI POLIZIA!
NON C'E' NIENTE DA VEDERE!
CHE SUCCEDE?!
NON SI PUO' ENTRARE!
NON SPINGETE!
FACCIAMOCI UN SELFIE!
AIUTO!
MA IO DEVO COMPRARE UNA LAVATRICE!
MGH! MGH!
VOGLIO VEDERE!
LASCIA PERDERE, UGO!

SIETE CIRCONDATI! GETTATE LE ARMI E MANI IN ALTO!
EHI! NON ABBIAMO ANCORA FATTO NIENTE DI MALE!
IO SONO INNOCENTE!
DICONO TUTTI COSI'
CALMA! CI ARRENDIAMO!

VOGLIO UN AVVOCATO!
DILLO A TUA NONNA!
VEDRETE IL SOLE A SCACCHI!
CHIEDO SPIGA!
FUORI! UNO ALLA VOLTA!
VI ABBIAMO BECCATI!...
E' UN ABUSO!
GRR!
FLASH!
CLICK!
PREGO!... SORRIDA!

AH!... LE RAGAZZE!... CI ERAVAMO QUASI DIMENTICATI DI LORO!
MGH! MGH
LIBERATELE!
MGH! MGH!

OH! FINALMENTE! POTER PARLARE!
EHI, GIOVANOTTO! COSA HA INTENZIONE DI FARE CON QUELL'ARNESE?
SRP!
CASH
POLICE

PRINCIPESSA, PER ME, SE PREFERISCE TENERSI QUESTE SCARPETTE DI CEMENTO, FA LO STESSO!
CHE MANIERE! CERTO CHE NO!
AVANTI! SI DIA DAFFARE CON QUEL COSO!

... E STIA ATTENTO A NON SCIUPARMI LE UNGHIE!...
AH!... CHE LIBERAZIONE!
RA-TA-TA-TA!

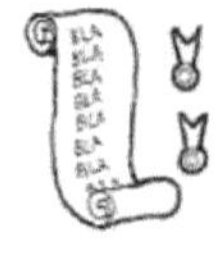

QUALCHE GIORNO DOPO, MAGDALA E MELISSA SONO COSTRETTE A PRESENZIARE AD UNA CERIMONIA IN LORO ONORE, ORGANIZZATA DAL SINDACO...

...CARI CONCITTADINI, SARO' BREVE: BLA, BLA, BLA, BLA... BLA, BLA, BLA...E QUINDI... BLA, BLA, BLA...
...E DE' PER QUESTO CHE HO L'ONORE DI CONSEGNARE DUE MEDAGLIE...
FINALMENTE!
VOTE FOR PIG MALONE MAJOR!
VOTE FOR PIG MALONE
EXIT
EMERGENCY

MA!... SONO DI LATTA!...
...PURTROPPO IL BILANCIO NON CONSENTIVA DI PIU'!... NON FATEMI FARE BRUTTE FIGURE...
GRAZIE LO STESSO! CI CONSOLEREMO CON UNA BELLA VACANZA!...
VOTE FO MALO
...LONTANO DAL CEMENTO!
EMERGENCY
ANCHE QUESTA AVVENTURA E' FINITA BENE... ALLA PROSSIMA!